1

sammlung luchterhand 488

2

CUS JANDL

6

das fanatische orchester

der dirigent hebt den stab
das orchester schwingt die instrumente

der dirigent öffnet die lippen
das orchester stimmt ein wutgeheul an

der dirigent klopft mit dem stab
das orchester zerdrischt die instrumente

der dirigent breitet die arme aus
das orchester flattert im raum

der dirigent senkt den kopf
das orchester wühlt im boden

der dirigent schwitzt
das orchester kämpft mit tosenden wassermassen

der dirigent blickt nach oben
das orchester rast gegen himmel

der dirigent steht in flammen
das orchester bricht glühend zusammen

8

etüde in f

eile mit feile
eile mit feile
eile mit feile
durch den fald

durch die füste
durch die füste
durch die füste
bläst der find

falfischbauch
falfischbauch

eile mit feile
eile mit feile
auf den fellen
feiter meere

auf den fellen
feiter meere
eile mit feile
auf den fellen

falfischbauch
falfischbauch

9

eile mit feile
auf den fellen
feiter meere
feiter meere

falfischbauch
falfischbauch
fen ferd ich fiedersehn
falfischbauch
falfischbauch
fen ferd ich fiedersehn
fen ferd ich fiedersehn
falfischbauch
fen ferd ich fiedersehn
falfischbauch
falfischbauch

ach die heimat
ach die heimat
fen ferd ich fiedersehn
ist so feit

10

frühlingsbeginn

weißen ich schneen
frier beißen finger
fußen eis rutschen
nasen ich tropf-tropf

11

wanderung

vom vom zum zum
vom zum zum vom

von vom zu vom

vom vom zum zum

von zum zu zum

vom zum zum vom
vom vom zum zum

und zurück

12

camping

ein zelt
ein messer
drei leichen

ein kleiner junge
sucht

den papa
die mama
und seinen bruder rudi

er erbt
alles

ein zelt
ein messer
drei leichen

13

reise

```
         nach
        nach
       nach
      nach
     nach
    nach
   nach
  nach
 nach
nach
ach          bayayayayayayayayayayayayayayayayayayayayayern
nach
 nach
  nach
   nach
    nach
     nach
      nach
       nach
        nach
         nach
```

14

schweden schweden
schweden schweden jeden
schweden schweden jeden berg
schweden nennen jeden berg schwedenberg
schweden nennen jedes messer schwedenmesser
schweden essen messer

doppelporträt jesolo 66

E **F**

schwitzen schwimmen
schwitzen schwimmen
schwitzen schwimmen
schwitzen schwimmen
schwimzen schwimmen

die sonne scheint

die sonne scheint unterzugehn

die sonne scheint untergegangen

die sonne scheint aufzugehn

die sonne scheint aufgegangen

die sonne scheint

bericht

was sich den ganzen tag so tut
was sich das ganze jahr so tut
was sich die ganze zeit so tut
was sich halt so tut
was sich halt den ganzen tag so tut
was sich halt das ganze jahr so tut
was sich halt die ganze zeit so tut
halt was sich so tut
halt was sich den ganzen tag so tut
halt was sich das ganze jahr so tut
halt was sich die ganze zeit so tut
was sich so tut halt
was sich den ganzen tag so tut halt
was sich das ganze jahr so tut halt
was sich die ganze zeit so tut halt

19

epoche der zahlreichen veränderungen

eine veränderung
und wieder
eine veränderung
und wieder
eine veränderung
und wieder
eine veränderung
und wieder
eine veränderung
und wieder
eine veränderung
und schon wieder
eine veränderung
und schon wieder
eine veränderung
und schon wieder
eine veränderung
und schon wieder
und noch eine
und noch eine
und noch eine
und noch eine
und noch eine
und noch viele
und noch viele viele viele viele viele
geburtstage im kreise der familie

redensart

ich
brech
dich
doch
noch

liebervaterbittebiegmichlieber

21

sieben kinder

wieviele kinder haben sie eigentlich? – sieben
zwei von der ersten frau
zwei von der zweiten frau
zwei von der dritten frau
und eins
ein ganz kleins
von mir selber

22

schöner abend

mein kind breit deine arme aus
dein vater kommt zu dir nach haus
die mutter steht schon hinter dir
dein vater hebt dich in die höh
die mutter liebt uns beide heiß
und angericht sind trank und speis

der unlogische knabe

wie meine mutter mir gesagt hat
wie das mit den kindern ist
hab ich mir gedacht: wie schade
daß ich keine frau werde

ich hab mir nicht gedacht: wie schade
daß ich kein mädchen bin
denn ein mädchen sein wollte ich nie
obwohl es anders nicht gegangen wäre

man sieht daran der knabe
hat nicht logisch gedacht
aber was er dann als mann gemacht hat
ist eine ganz andere geschichte

der schnitter

es ist ein schnitter, der
schneidet brot und gibt
der frau ein stück
und jedem kind ein stück
und ein stück ißt er selber
und dann fragt er
wer hat noch hunger?
und schneidet dann weiter.
einem solchen schnitter
möchtest du wohl gern
einmal begegnen.
außer er sagt zu dir:
komm her, du brot.

25

legende

der vater stellt sich breit vor mich.
die mutter schreit: wir lieben dich.

kein zaudern vaters stirne ritzt.
in vaters hand das messer blitzt.

aus mutters nasen rollt ein dampf.
ich weiß um mutters heißen kampf.

herab saust vaters scharfe hand.
ich habe mich als lamm erkannt.

halt ein, befiehlt die mutter schrill.
ich spreche fest: nur wenn gott will.

da rauscht es, daß die luft zerbricht.
der vater auf gefieder sticht.

der engelflügel ist aus erz.
engel fühlen keinen schmerz.

ein lamm hüpft aus des engels hand.
der vater hat den zweck erkannt.

ins lamm der vater treibt den stahl
und unterbricht des opfers qual.

der himmel nimmt die gabe an.
der engel schwebt zur sternenbahn.

der vater reibt die klinge blank.
laut aus der mutter strömt der dank.

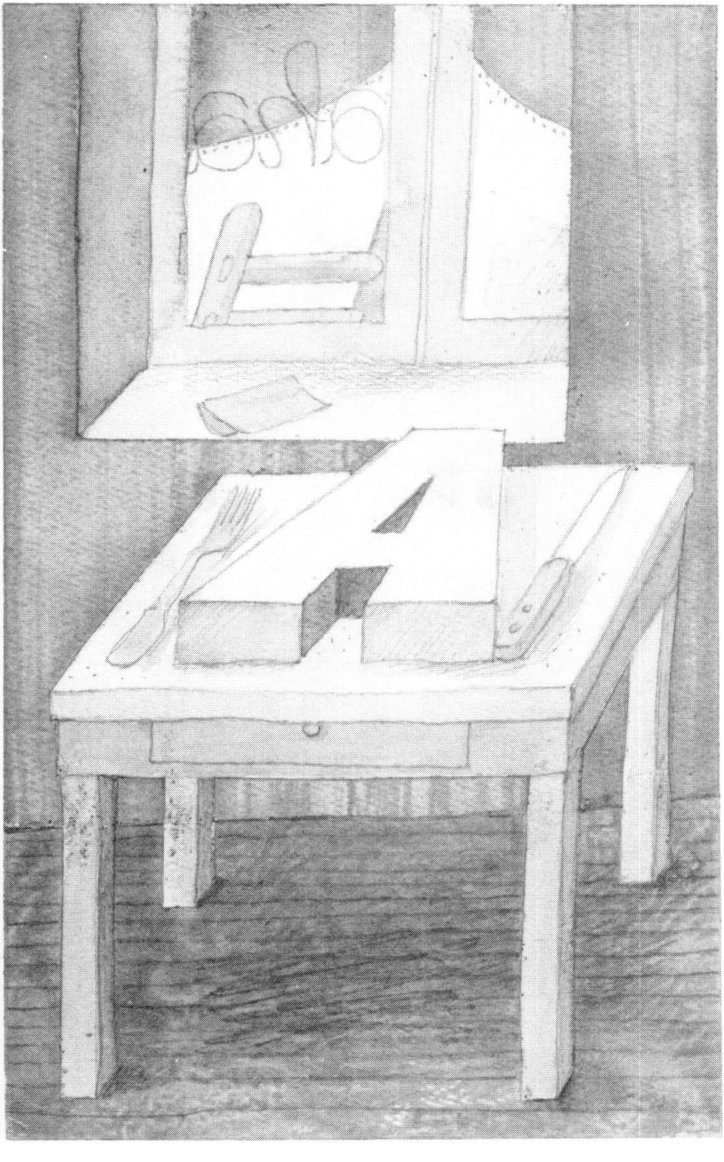

die seele

mit der einen hand
der knabe zeigt
nach oben
mit der anderen
auf den frischen
grabhügel
und lacht
wenn der großvater
da unten ist
wie soll er dann
da oben sein

ach ja die seele

florians eltern

schöner schöner florian
horchen wir ihm ohren an
küssen wir ihm einen mund
blicken wir ihm augen rund
rudern wir ihm arme dran
tanzen wir ihm beine ran
lieben wir ihm einen mann
schöner schöner florian

für renate und walter höllerer

30

familienfoto

der vater hält sich gerade
die mutter hält sich gerade
der sohn hält sich gerade
der sohn hält sich gerade
der sohn hält sich gerade
der sohn hält sich gerade
der sohn hält sich gerade
die tochter hält sich gerade
die tochter hält sich gerade

31

immer höher

DER MANN STEIGT AUF DEN SESSEL
der mann steht auf dem sessel
DER SESSEL STEIGT AUF DEN TISCH
der mann steht auf dem sessel
der sessel steht auf dem tisch
DER TISCH STEIGT AUF DAS HAUS
der mann steht auf dem sessel
der sessel steht auf dem tisch
der tisch steht auf dem haus
DAS HAUS STEIGT AUF DEN BERG
der mann steht auf dem sessel
der sessel steht auf dem tisch
der tisch steht auf dem haus
das haus steht auf dem berg
DER BERG STEIGT AUF DEN MOND
der mann steht auf dem sessel
der sessel steht auf dem tisch
der tisch steht auf dem haus
das haus steht auf dem berg
der berg steht auf dem mond
DER MOND STEIGT AUF DIE NACHT
der mann steht auf dem sessel
der sessel steht auf dem tisch
der tisch steht auf dem haus
das haus steht auf dem berg
der berg steht auf dem mond
der mond steht auf der nacht

fünfter sein

tür auf
einer raus
einer rein
vierter sein

tür auf
einer raus
einer rein
dritter sein

tür auf
einer raus
einer rein
zweiter sein

tür auf
einer raus
einer rein
nächster sein

tür auf
einer raus
selber rein
tagherrdoktor

sieben weltwunder

und das wievielte bin ich?
und das wievielte bist du?
und das wievielte ist die kuh?
und das wievielte ist der uhu?
und das wievielte ist das känguruh?
und das wievielte ist der marabu?
und wieviele bleiben übrig
wenn es den marabu und das känguruh und den uhu
und die kuh und dich und mich
einmal nicht mehr gibt?

reihe

eis
zweig
dreist
vieh
füllf
ächz
silben
ach
neu
zink

35

hund-sein

hund
ein zeitlang
wartet

auf groß-sein
mensch-sein
wartet

warten
dann
vergißt

jetzt erst
richtig
hund-ist

36

menschenfleiß

ein faulsein
ist nicht lesen kein buch
ist nicht lesen keine zeitung
ist überhaupt nicht kein lesen

ein faulsein
ist nicht lernen kein lesen und schreiben
ist nicht lernen kein rechnen
ist überhaupt nicht kein lernen

ein faulsein
ist nicht rühren keinen finger
ist nicht tun keinen handgriff
ist überhaupt nicht kein arbeiten

ein faulsein
solang mund geht auf und zu
solang luft geht aus und ein
ist überhaupt nicht

38

die tassen

bette stellen sie die tassen auf den tesch
perdon
stellen sie die tassen auf den tesch
perdon
die tassen auf den tesch
perdon
auf den tesch
perdon

nöhmen
nöhmen
nöhmen sö söch
nöhmen sö söch eune
nöhmen sö söch eune tass
eune tass
donke
donke

eun stöck zöcker
zweu stöck zöcker
dreu stöck zöcker
donke
zörka zweu stöck
zöcker

follen
follen
hünuntergefollen
auf dön töppüch
neun
nur dör hönker üst wög
pördon
bötte bötte

eulen

bist eulen
ja
bin eulen
ja ja
sehr eulen

bist auch eulen
ja
bin auch eulen
sehr eulen
ja ja

will aber nicht mehr eulen sein
bin schon zu lang eulen gewesen

will auch nicht mehr eulen sein
bin auch schon zu lang eulen gewesen

ja
mit dir da
mit dir da auch
bin nicht mehr eulen ja
bin nicht mehr eulen auch
ja ja
ja ja auch

41

doch wer einmal eulen war
der wird eulen bleiben immer
ja

ja ja

bibliothek

die vielen buchstaben
die nicht aus ihren wörtern können

die vielen wörter
die nicht aus ihren sätzen können

die vielen sätze
die nicht aus ihren texten können

die vielen texte
die nicht aus ihren büchern können

die vielen bücher
mit dem vielen staub darauf

die gute putzfrau
mit dem staubwedel

43

loch
loch
loch doch
so loch doch
so loch doch schon
so loch doch
loch doch
loch

üch loch müch kronk

auf dem land

rininininininininDER
brüllüllüllüllüllüllüllüllEN

schweineineineineineineineinE
grunununununununZEN

hunununununununDE
bellellellellellellellellEN

katatatatatatatatZEN
miauiauiauiauiauiauiauiauEN

katatatatatatatatER
schnurrurrurrurrurrurrurrurrEN

gänänänänänänänänSE
schnattattattattattattattattERN

ziegiegiegiegiegiegiegiegEN
meckeckeckeckeckeckeckeckERN

bienienienienienienienienEN
summummummummummummummummEN

grillillillillillillillillEN
ziririririririrPEN

45

fröschöschöschöschöschöschöschöschE
quakakakakakakakakEN

hummummummummummummummummELN
brummummummummummummummummEN

vögögögögögögögögEL
zwitschitschitschitschitschitschitschitschERN

46

das hundelvieh

für friederike mayröcker

gar traurig geht das hundelvieh
auf einer zeh und einem knie

–

zerbrechlich ist das hundelvieh
drum wirf es aus dem fenster nie

–

nach lorbeer lechzt das hundelvieh
und presst die hohe stirn ans knie

–

sehnsucht erfasst das hundelvieh
nach menschenstimme oft doch nie

–

ich schlafe mit dem hundelvieh
nicht immer sondern da und hie

–

unruhig begiesst das hundelvieh
ein knisterndes laternenknie

–

nach frieden lechzt das hundelvieh
doch ohne gott findt es ihn nie

48

ein schulmädchen

die ferien sind alle
die schule ist die falle
ich bin die kleine maus
der lehrer sieht wie käse aus

50

die mutter und das kind

üch
wüll
spülen

spül düch
meun künd

51

peter frißt seinen weg ins schlaraffenland

petermilchbreiberg
eterpilchbreiberg
tereplchbreiberg
ertepchbreiberg
retephbreiberg
retepbreiberg
mretepreiberg
miretepeiberg
milretepiberg
milcretepberg
milchreteperg
milchbreteprg
milchbrretepg
milchbreretep
milchbreiretep
milchbreibretpe
milchbreiberepet
milchbreiberrpete
milchbreibergpeter

calypso

ich was not yet
in brasilien
nach brasilien
wulld ich laik du go

wer de wimen
arr so ander
so quait ander
denn anderwo

ich was not yet
in brasilien
nach brasilien
wulld ich laik du go

als ich anderschdehn
mange lanquidsch
will ich anderschdehn
auch lanquidsch in rioo

ich was not yet
in brasilien
nach brasilien
wulld ich laik du go

53

wenn de senden
mi across de meer
wai mi not senden wer
ich wulld laik du go

yes yes de senden
mi across de meer
wer ich was not yet
ich laik du go sehr

ich was not yet
in brasilien
yes nach brasilien
wulld ich laik du go

54

im delikatessenladen

bitte geben sie mir eine maiwiesenkonserve
etwas höher gelegen aber nicht zu abschüssig
so, daß man darauf noch sitzen kann.

nun, dann vielleicht eine schneehalde, tiefgekühlt
ohne wintersportler. eine fichte schön beschneit
kann dabeisein.

auch nicht. bliebe noch – hasen sehe ich haben sie da hängen
zwei drei werden genügen. und natürlich einen jäger.
wo hängen denn die jäger?

55

lauter lauter lauter lauter lauter lauter leise leute

56

falamaleikum
falamaleitum
falnamaleutum
fallnamalsooovielleutum
wennabereinmalderkrieglanggenugausist
sindallewiederda.
oderfehlteiner?

57

1944	1945
krieg	krieg
krieg	krieg
krieg	krieg
krieg	krieg
krieg	mai
krieg	
krieg	
krieg	
krieg	
krieg	
krieg	
krieg	

(markierung einer wende)

58

aus den 30er jahren

trara trara trara

bettler singt

kretsch kratsch

fenster geht auf

gla gla gla gla gla

raschelnd in papier verschwindet geldstück

tsssinnnnnnng

fliegt es durch die luft

daaaaank daaaaank

bessre tage gesehn wirklich höflicher musikant

vater komm erzähl vom krieg
vater komm erzähl wiest eingrückt bist
vater komm erzähl wiest gschossen hast
vater komm erzähl wiest verwundt wordn bist
vater komm erzähl wiest gfallen bist
vater komm erzähl vom krieg

schtzngrmm
schtzngrmm
t-t-t-t
t-t-t-t
grrrmmmmm
t-t-t-t
s——————c——————h
tzngrmm
tzngrmm
tzngrmm
grrrmmmmm
schtzn
schtzn
t-t-t-t
t-t-t-t
schtzngrmm
schtzngrmm
tsssssssssssssssssss
grrt
grrrrrt
grrrrrrrrrt
scht
scht
t-t-t-t-t-t-t-t-t-t
scht
tzngrmm
tzngrmm
t-t-t-t-t-t-t-t-t-t
scht
scht
scht
scht
scht
grrrrrrrrrrrrrrrrrrrrrrrrrrrr
t-tt

62

im schlaf

er traf einen baum.
er baute darunter sein haus.
er schnitt aus dem baum
einen stock heraus.
der stock wurde seine lanze.
die lanze wurde sein gewehr.
das gewehr wurde seine kanone.
die kanone wurde seine bombe.
die bombe traf sein haus und riss
den baum an den wurzeln aus.
er stand dabei und staunte,
aber auf wachte er nicht.

so ein trost

wer es nicht mehr ganz so gut kann
wer es nicht mehr so ganz kann
wer es nicht mehr so gut kann
wer es nicht mehr ganz kann
wer es nicht mehr gut kann
wer es nicht mehr so kann
wer es nicht mehr kann

für den tun es andere
ja für den tun es andere
für den tun es ja andere
für den tun es andere ja
für den tun es ja andere ja
ja für den tun es ja andere ja

dutzendfach
hundertfach
tausendfach
millionenfach
ja
millionenfach

so ein trost

64

der beschriftete sessel

für harry & angelika

ich haben ein sessel
stehn JANDL groß hinten drauf
wenn ich mal nicht wissen
sein ich's oder sein ich's nicht
ich mich nur hinsetzen müssen
und warten bis von hinten wer
kommen und mir's flüstern

65

für einen gastgeber

wenn ein freund zu dir kommt
und sich auf den boden legt
leg dich daneben und sage dir:
geteilter boden ist halb so hart.

wenn ein freund zu dir kommt
und dein bett für sich beansprucht
leg dich auf den boden und sage dir:
er wenigstens liegt weich.

wenn ein freund zu dir kommt
und dich aus deiner wohnung weist
verlasse sie ohne zu murren und sage dir:
immerhin, es könnte kälter sein.

zweierlei handzeichen

ich bekreuzige mich
vor jeder kirche
ich bezwetschkige mich
vor jedem obstgarten

wie ich ersteres tue
weiß jeder katholik
wie ich letzteres tue
ich allein

lichtung

manche meinen
lechts und rinks
kann man nicht
velwechsern.
werch ein illtum!

68

bitteschneu
2
3
4
5
6
7
8
9
10
bitteschneu
3
4
5
6
7
8
9
10
bitteschneu
4
5
6
7
8
9
10

69

bitteschneu
5
6
7
8
9
10
bitteschneu
6
7
8
9
10
bitteschneu
7
8
9
10
bitteschneu
8
9
10
bitteschneu
9
10
bitteschneu
11

70

ottos mops

ottos mops trotzt
otto: fort mops fort
ottos mops hopst fort
otto: soso

otto holt koks
otto holt obst
otto horcht
otto: mops mops
otto hofft

ottos mops klopft
otto: komm mops komm
ottos mops kommt
ottos mops kotzt
otto: ogottogott

der vater
kontrolliert
seinen langen

bart

73

nein

nein

nein

nein

nein

nein

nein

(beantwortung von sieben nicht gestellten fragen)

74

the flag

a fleck
on the flag
let's putzen

a riss
in the flag
let's nähen
where's the nadel

now
that's getan
let's throw it
werfen

into a dreck

that's
a zweck

75

privater marsch

schmackel
schmackel
bunz
bunz
schmackel
schmackel
bunz

schmackel
schmackel
bunz
bunz
schmackel
schmackel
bunz

schmackel
bunz
bunz
bunz
schmackel
bunz
bunz
bunz
schmackel
bunz
bunz
bunz
schmackel
bunz
schmackel
bunz
schmackel
bunz

bunz
schmackel
bunz

bunz
bunz

76

wäscherei

soviel
taschentücher
in einer großen
wäscherei

und wäscherinnen
wünschen
die nasen
alle
in einen großen
kessel

77

wohin und wie

aus dem amt
    mit amselfedern,
in den tau
    mit taubenfedern,
durch den mai
    mit meisenfedern,
über den zaun
    mit königsfedern.

antipoden

ein blatt
und unter diesem
ein blatt
und unter diesem
ein blatt
und unter diesem
ein blatt
und unter diesem
ein tisch
und unter diesem
ein boden
und unter diesem
ein zimmer
und unter diesem
ein keller
und unter diesem
ein erdball
und unter diesem
ein keller
und unter diesem
ein zimmer
und unter diesem
ein boden
und unter diesem
ein tisch
und unter diesem
ein blatt
und unter diesem
ein blatt
und unter diesem
ein blatt
und unter diesem
ein blatt

79

wiedergefunden

ein blatt
darauf
maschingeschrieben
maus

sonst nichts

vor tagen
wochen
unbestimmter zeit
kam das da drauf

von mir

ich weiß

80

minz den gaawn

minz den gaawn
bill den baud
minz den gaawn
bill den baud
kittl koo
kittl koo
minz den gaawn
gnaz den eschn
ruttl znop

82

die bearbeitung der mütze

ich den kapp nehm
den kapp den ich auf kopf nehm
den kapp sein eng eng
den kapp sein eng eng
den kapp sein eng eng
den kapp sein eng eng
ich stecken knie rein
ich den kapp dehn dehn
ich den kapp dehn dehn
mit beide händen zieh
ich den kapp dehn dehn
hab drin den knie
mit beide händen zieh
ich den kapp dehn dehn
dann probier
passen mir
pullmannkapp

83

ernst jandls weihnachtslied

machet auf den türel
machet auf den türel
dann kann herein das herrel
dann kann herein das herrel
froe weihnacht
froe weihnacht
und ich bin nur ein hund
froe weihnacht
froe weihnacht
und ich bin nur ein hund

84

der gedankenleser

wenn einer mich strenge anschaut
wie ein gedankenleser
sage ich gleich: ja ich habe es getan
aber wenn er meine gedanken wirklich lesen könnte
würde er dort ein großes NEIN lesen
für das mein mund viel zu klein ist
der ist grad noch groß genug
für das kleine ja

taschen

schau, meine vielen taschen.
in dieser hab ich ansichtskarten.

in dieser zwei uhren.
meine zeit und deine zeit.

in dieser einen würfel.
23 augen sehen mehr als zwei.

du kannst dir denken
was ich an brillen schleppe.

86

die zeit vergeht

lustig
luslustigtig
lusluslustigtigtig
luslusluslustigtigtigtig
lusluslusluslustigtigtigtigtig
luslusluslusluslustigtigtigtigtigtig
lusluslusluslusluslustigtigtigtigtigtigtig
luslusluslusluslusluslustigtigtigtigtigtigtigtig

die bitte

lieber gott,
mach mich neu
daß ich mich wieder freu
ob bub oder mädel
ob mann oder frau
ist mir egal
nur nicht zu alt
mach mich halt
bitte

88

vermessen

von den füßen abwärts –
von den füßen aufwärts – ein mensch
von den knien abwärts – ein mensch
von den knien aufwärts – ein mensch
von den hüften abwärts – ein mensch
von den hüften aufwärts – ein mensch
von den schultern abwärts – ein mensch
von den schultern aufwärts – ein mensch
vom scheitel abwärts – ein mensch
vom scheitel aufwärts –

91

Inhalt

Quellen

Die Gedichte wurden den Bänden entnommen: »der gelbe hund«, »die bearbeitung der mütze«, »ernst jandl für alle«, »serienfuss«, »dingfest«, »der künstliche baum« © Luchterhand Verlag; »Laut und Luise«, »Sprechblasen« © Ernst Jandl.

Sammlung Luchterhand Bildbücher

Das Autobuch
Geschichten und Ansichten. Herausgegeben von Klaus Roehler. Sammlung Luchterhand Bildbuch Band 475

Günter Grass: Ach Butt, dein Märchen geht böse aus
Gedichte und Radierungen
Sammlung Luchterhand Bildbuch Band 470

Ernst Jandl / Jürgen Spohn: falamaleikum
Gedichte und Bilder
Sammlung Luchterhand Bildbuch Band 488

Luchterhands Loseblatt Lyrik
Herausgegeben von Elisabeth Borchers, Günter Grass und Klaus Roehler. Eine Auswahl. Zwei Bände.
Band 1: 1966 - 1968. Sammlung Luchterhand Bildbuch Band 495. Band 2: 1969 - 1970. Sammlung Luchterhand Bildbuch Band 496

Berlin, du deutsche deutsche Frau
Texte und Bilder von Autoren aus Ost und West
Herausgegeben von Ingrid Krüger und Eike Schmitz
Sammlung Luchterhand Bildbuch Band 509
(erscheint November 1983)

Haarproben
Bilder und Texte herangezogen von Marie-Luise Könneker
Sammlung Luchterhand Bildbuch Band 502
(erscheint Dezember 1983)

Pablo Neruda: Chile, mein Land
Gedichte und Bilder. Herausgegeben von Federico Schopf.
Sammlung Luchterhand Bildbuch Band 515
(erscheint Februar 1984)

Das Fahrradbuch
Herausgegeben von Karl Riha. Sammlung Luchterhand Bildbuch Band 493 (erscheint März 1984)